U0506796

张新泉的诗

张新泉　著

四川文艺出版社

图书在版编目（CIP）数据

张新泉的诗 / 张新泉著 . -- 成都：四川文艺出版社，
2018.8（2021.1 重印）

ISBN 978-7-5411-5103-3

Ⅰ . ①张… Ⅱ . ①张… Ⅲ . ①诗集－中国－当代Ⅳ .
① I227

中国版本图书馆 CIP 数据核字 (2018) 第 137355 号

ZHANG XIN QUAN DE SHI

张新泉的诗

张新泉　著

责任编辑	周　轶	
封面设计	叶　茂	
内封摄影	肖　全	
责任校对	蓝　海	
责任印制	桑　蓉	

出版发行　四川文艺出版社（成都市槐树街 2 号）
网　　址　www.scwys.com
电　　话　028-86259287（发行部）　　028-86259303（编辑部）
传　　真　028-86259306

邮购地址　成都市槐树街 2 号四川文艺出版社邮购部　610031
排　　版　四川最近文化传播有限公司
印　　刷　阳谷毕升印务有限公司
成品尺寸　138mm×208mm　1/32
印　　张　8.5　　　　　　　　　　字　　数　170 千
版　　次　2018 年 8 月第一版　　印　　次　2021 年 1 月第二次印刷
书　　号　ISBN 978-7-5411-5103-3
定　　价　48.00 元

向民间的事物俯首

亲近并珍惜他们

我的诗啊，你要终生

与之为伍

序

他对诗歌的热爱是与生俱来的

□吉狄马加

中国作家协会副主席、书记处书记，国际著名诗人

张新泉在中国当代诗歌史上，尤其是四川诗歌史上，是一个非常独特的现象。因为他是一个真正从底层、从民间走出来的诗人，生活经历了很多坎坷波折，尤其是在当时的社会环境条件下，但由此可以看出，他对诗的热爱是与生俱来的。这种与生俱来的东西，可能与其出生地富顺的文化有着密切的关系。因为在一个地方，如果整体的文明程度不高、没有深厚的文化传承，我觉得就是有写作的天赋，也很难有条件去热爱诗、写作诗。因为写诗是需要有一定文化修养的，需要有一个能产生诗的文化氛围和环境，哪怕就是在最艰苦的条件下，诗歌的写作也是一种最高级的精神活动。这本身就说明了富顺这个地方就像它的历史那样悠久那样灿烂，

是一片诗性的土地。对当地成长起来的人，诗的滋养、精神的孕育是无处不在的，这种滋养是看不见的、摸不着的，它深深地浸透于民族地域的精神生活和日常生活中。所以说产生诗人的地方，总有它在文化上的独特之处。

张新泉刚开始写诗的时候，是一个特殊的年代，虽然他的境遇十分的不好，但他仍然很早就开始了自己的写作实践。他有一个最大的特点，就是他的诗歌从一开始就与民间的生活、普通劳动者的生活紧密联系在了一起。他在江上拉过船，在码头上扛过包，在社会底层经历过许多艰辛和磨难。也正因为这样，他的诗始终充满着鲜活的生活气息，现实主义精神的烙印，一直是他诗歌中醒目的标识，他的作品从来就没有无病呻吟的东西。有很长一段时间，有不少诗人仅仅写自己狭小琐碎的生活，作品缺少生命的温度和质感。而张新泉不是这样，他的可贵之处是既写出了自己的生命体验，也将这种体验融入了人民更广阔的生活，所以他的诗能找到知音，也能找到读者，我想这与他一直坚持现实主义传统和精神是有关系的。作为一个诗人，他的生活根基是扎实的、是有厚度的，他的诗从一开始直到今天都保持了这样的品质。我们知道，也无可讳言，张新泉那一代诗人曾经历过一段简单图解"政治概念"的写作，但他却是这一代诗人中最早摆脱了那种模式化、概念化写作桎梏的诗人之一。他也是他那一代诗人中，后来能写出具有一定精神高度、在艺术上有鲜明个性，特别是在诗歌修辞上让人耳目一新的为数不多的几个诗人之一。因此，也可以这样说，张新泉是二十世纪六七十年代开始写诗，后来一直没有落伍，始终走在第一方阵的一个重要诗人。我以为这是与他不断求新学习分不开的。那一代诗人虽有其历史的局限性，但同时也有熟悉中国社会和民间生活的优势，他们在处理个人经验和集体经验的关系时，都经历过痛苦、纠结、挣扎的过程，但最重要的是他们在自己的写作过程中，始终坚守了对诗歌写作的真诚，并把这种忠诚构筑成了对未来的向往和希望。作为一个有着独特人生经历的诗人，虽然他曾饱尝过极"左"时期来自于政治和生活的甜酸苦辣，可他从未丧失对明天的期盼和梦想。也正因为此，他后来写的诗歌《鸟落民间》获得首届鲁迅文学奖，这不是偶然。他的诗歌写作量不小，很勤奋，十分地用功，基本上每过一段时间就会有新作问世。从这个意义上讲，他是诗人中的劳动模范，为我们诗坛奉献出了不少独具魅力、具有张新泉个性特质的优秀作品。

　　我们不应该忘记，张新泉不仅是一个优秀的诗人，还是一个为他人做嫁衣裳的优秀编辑。我在四川生活工作时曾出版过两本诗集，一本叫《初恋的歌》，是四川民族出版社出版的，出版不久就获得了全国第三届新诗（诗集）奖，也就是现在鲁迅文学奖的前身；另一本叫《吉狄马加诗选》，责任编辑就是张新泉。直到今天我还能回想起他在编辑这本诗集时的敬业和专注，可以说真是历历在目。在那样一个时期，要出一本个人综合性诗集是十分不容易的，但是作为编辑的张新泉完全秉公无私地这样做了，当然，他还给很多优秀的诗人出版过诗集。今天我们在回顾四川诗歌的繁荣时，一定要记住有一批默默无闻的诗歌编辑，为这一繁荣所作出的足以让后来者敬仰的贡献。

当前，中国诗歌处在一个非常繁荣的阶段，诗歌的关注度在回升，诗歌也逐渐回到大众生活中。包括现在的中华诗词大会、网络诗歌都十分引人注目，全国各地的诗歌节以及不同的朗诵活动也很多。这说明当物质文明发展到了一定的程度，精神的回归和需求是必然的，我相信诗歌将在我们建设精神文明的征程中发挥更重要的作用。

目录

/ 第一辑 /

闲云 / 吱呀 / 握手辞

吱　呀

灯下，捧书的儿问我

那种很斯文的

"吱呀"一声开合的门

现在还有吗？

我说，南山陶潜那一扇

还在……

想龙泉

桃花才骨朵
人心已乱开

耳朵里长草的人

耳朵里长草的人
活在浮雕里
草从石头中长出来
该有深意
身边的人和物
日日为冷硬唏嘘
耳朵里长草的人
不屑闲言碎语
只听翠，和绿

在墓地打盹

在墓地打盹
约等于
为长眠热身

某人的墓志铭

给蚯蚓量体长
给风办理暂住证
兢兢业业一生

草 旬

若隐若现的小路

像多年前的一个病句

两株豆蔻年华的树，正使劲

往春天的方向，绿自己

崇尚一句古诗的意境

浅草心跳着聆听

由远而近的马蹄……

杜鹃花旁，两头驴子

头挨头聊私房话：

"姐，你真的喜欢那位马叔？"

"当然！驴马混搭的生活

仰天能咴咴，低头可嗷嗷。"

蜘蛛记

三星还未打横
一张精致的网
已经织完

小风会把捕获的猎物
吹得软硬适度
月光再在上面
撒些盐

疆土安宁，且团身睡去
明晨佐餐的那滴露珠
正在网线上
荡秋千……

松林中

几枚松果

突然

砸在头顶、肩膀

树丫间，三只松鼠

捂着嘴，窃笑

三片毛茸茸的

大尾巴

像风中芦苇

小规模

茫茫

今夜，我和童年

都住在树上……

泸山顶上的月亮

要把那么高那么小的月亮

拍下来，纯属心

向往之

论技术，确实非常业余

但那晶亮的月牙儿

和托着她的蔚蓝天幕

又的确美得十分专业

是早晨七点三十分

用手机拍的

之后，我把月牙儿和自己

赞了，又赞

那神态，用北方话来说

就是——十分嘚瑟

邛海的早晨

探身窗外的少女
用一根鸡毛掸子
拂拭向海的玻璃

有一团绒绒的白
在她够不着的地方
她必须往前挪一挪
七点钟的身体

一束朝晖踱过来
但帮不上忙
只吻了吻她那件
纯棉睡衣

那团白东西突然动了
——是一只鸟的影子
一只白鹭骑着风
正练习深呼吸

风起邛海

一层一层的海开始"动"了

但还没到"荡"的程度

沿岸的石孔洞穴

被白浪的牙刷

捅得叽里咕噜

那些红虾白鱼们

眼看已做不成晚饭

干脆扔了围裙

翩翩起舞……

邛海之夜

她说，给三十元
我送你去海上
逛一圈

是一只运货返航的小艇
斗笠下，笑意满满的面庞
罩着浅浅的暗
我估计她说的"一圈"
相当于一条失眠的鱼
在浅水区的一次散步
或者是小风掀起细浪后
从开始的乳白
到终止的纯蓝

她说，星星已经在蹦迪啦
上船吧，我送你去
亲月亮的脸……

题画：高原

拒绝五颜六色的水泥

坚持亘古的高天阔地

蓝本色的蓝，白原初的白

最低的长调，也高过

摩天的楼宇

谁怀着青稞状的乡愁？

谁的心野被蹄声叩击？

当一只雏鹰在风中练翅

谁的纸鸢忽然不能自持

挣脱市井之手，向西飞去……

九寨沟的海子

一百多个斑斓的海子
每一个都能凭借肉眼
看到十二米深水中的
游鱼

据说视力再好些
可以看到裸泳的
仙女

连锁草原

草至脚踝时，常有青涩男女
在其间拍照，拥吻
演一些半生半熟的爱情剧
号称呼伦贝尔连锁草原
电声羊咩咩，电子牛哞哞
诗词学会集体吟诵——
……风吹啊……草低……
蒙古包前的荧屏上
腾格尔笑容可掬：
住下吧，今夜《天堂》里
我和你做邻居

致松鼠

松鼠，松鼠
我在窗台上放了
花生，苞谷
你能不能一边吃
一边摇动大尾巴
扇着我
读书

寒山瘦

红叶都归乡了
雪，还在路上

没关系，我来
就是为看
这盛大的寒凉

来与高树矮草
一起瑟缩
（难得的瑟缩啊）
当然要打听
篝火的住址
月亮出来时
看土地爷的长寿眉
如何慈祥地
结霜

看　见

一只鸟从空中

笔直扎进水里

接下来应该是

出水，抖翅，叼起一尾鱼

让我不安的是

那鸟儿不再复出

我被愣愣地定在了湖边

不知该为某条鱼庆幸

还是代替那只鸟

慢慢

窒息……

后退者说

习惯了倒着走路

抱歉，只能退着向你

打招呼

他 说

……群众的雪亮是眼睛的

激流必须把棱角还给卵石

让口罩去拥护咳嗽和唾沫吧

花朵可以把缤纷唤作亲娘

看小儿合照

向开裆裤、铁环、棉花糖
致敬。凝睇他们之前
务必用消毒液清洁眼睛
切勿碰触，成人的手最脏
三寸之外的指影
都会让这些花朵
凋零

无论是错字连篇或步步押韵
允许你在他们面前认真感慨
并轻轻、轻轻地叫出
其中一朵的
小名

广　厦

重重叠叠的水泥盒
你在哪一格抽屉里？

造物说，鲜花和蒺藜
就住在你隔壁

劳动节

劳动不再仅仅是

开火车、抡铁锤、种庄稼

劳动还包括炒股、看风水

叫卖真丝胸罩连裤袜

劳动要有功于社会，有益于人

所以禁止卖淫，不准捉青蛙

劳动节这天不劳动

天气好，太阳像朵花

刀　语

磨刀人目不斜视
死死盯着刀口
绷紧的剑眉
竖两道锋芒

世间油水多
锈已稀少
钝，是所有刀具
普遍的硬伤……

有人送匕首来磨：
"这种铁器喜血
我只有清水
见谅，见谅"

暮春的花朵

也许还有几天就将凋谢
也许委身泥土就在明晨
开到极致便立即消失
每一朵都是寿终正寝……
无须林黛玉李黛玉来哭葬
每一片花瓣上都写着:
美过。爱过。无愧此生

与你们相比,人该悲哀还是庆幸
从风华正茂到歪瓜劣枣
谁是谁的长夜?谁是谁的暮春?

孙儿孙女和这一年的夏天

两只小嘴巴突然袭击我
把笑声和口水涂在我脸上
这个事件充分说明：
我的这张老脸
有汉堡的慈祥
肯德基的芳香

晚来安

送远了朝三暮四的韶华
移步进丢三落四的老境
苍天明鉴，晚年就是
专门用来"丢"和"落"的
丢多了，落惯了
便放下了一颗不舍之心

酒是水的雅号
钱是纸的诨名

正跪在地上给孙儿当老马
皇帝在电视机里说
——众卿平身

与老为邻

老邻居，就住我隔壁
对联一家一半
你中有我，我中有你
横批：一团和气
他感冒，我流鼻涕
雷霆夜，我们的须发
在"危乎高哉"的咏叹声中
飞扬。那只叫"龙钟"的猫
每次见我都把尾巴竖成一根棍子
对于拄杖而行，我目前认为
还是早了些……

遛弯时我们讨论"管住嘴"
东坡肘子和红烧肉是永远的话题
林荫道因此而脂肪超标
有些鸟也学会了说"肥而不腻"

核桃熟了

核桃熟了。核桃
挨打的时候到了
无论果实藏得
多深，挂得多高
都能被竿子找到
一棵核桃树
被几根竿子围着打
核桃坠地的声响
如同下冰雹……

去掉青皮，核桃还会
被铁钳夹，被榔头敲
果壳裂开时的叫声
山里的母树已听不到

风又吹

许多朝代都趴下了

尘世太脏，还得使劲吹

把众多纸做的泥做的冠冕吹破

送鳏夫寡妇入洞房

让不朽与永恒统统作废……

我含着的这缕风

是专门留给箫和埙的

天低云暗时，替一些人和事

唏嘘、流泪

如果衰老也有痛感

白发与呻吟将同时疯长
皱纹和呼救会一齐降临
语言无不散发着浓烈的药味
你甚至不敢久看
一条由白变黄的毛巾

如果衰老也有痛感
生命的跋涉，就是一个负伤的过程
抚慰过我们的爱与音乐
背过脸，便落英缤纷

蓝天志

唐宋元明就是那种蓝
后来是"青天白日"
再后来是"解放区的天"
再再后来，全国山河红艳艳……

如今流行口罩脸
只在"小二黑结婚"
那首歌里，还看得见
清粼粼的水（来）蓝格
莹莹的天

蒙山月

在茶盖上放一个白纸团
或者其他什么物件
表示主人还要回来
那盏茶就安静地留下了

每逢十五，不知是哪位饮者
总要将一轮满月
搁在蒙山顶上
许多年过去了，庙里的僧人
始终没看清那位茶客
什么模样

蒙山听钟

一盏盏黄芽、甘露
被钟声荡来荡去
高天之上，谁在品茗
余音袅袅，茶香四溢

鸟语皆为茶语
何况那口大钟
与近在咫尺的茶树
日亲夜昵

三钱钟声，半斤沸水
据说可冲一杯好茶
当我想念山中香茗时
会以此应急

野川带我们看涪江

约等于一条河带我们看另一条河
其时，那个叫野川的人不顾夜色已浓
不顾涪江与我们之间
还隔着一道栅栏
他执意要我们看，态度坚决
仿佛我们不看涪江
是一个天大的遗憾
我们只好顺从，睁大眼睛
漆黑的五十米外，涪江只是一个概念
但我们尽量夸大表情：啊——哦——
真乃河中上品，波光潋滟……

某年某夜，三台县河滨
涪江黑黑地睡了，诗人野川
斑斓如一帧画卷

在刀店买鞘

比刀更顺手的
是我布袋里的
埙和箫

不屑小恩仇
谁有大块垒,且来一试
只用单曲,即可
雪化冰消……

刀价一并付了
那刃若嫌清寂
可与弦月结伴
风摇竹影疏林时
并肩一啸

落　日

谁的头颅？！

从哪个朝代掷来？
输给了谁的刀斧？

铅弹般的鸟鸣
在天心凛冽：
暮
　暮
　　暮

木已
成舟的
木

阿坝之暮

阿坝阿坝
疾风中的经幡
是神在说话

神说，让鸟儿回到羽毛
让鸣蝉回归寂静
让那些放生的牛，停下
狂草的尾巴……

阿坝暮了，暮色中
那个叫大唐卓玛的画者
正用鹅黄点亮一排酥油灯
行者啊，且驭风前去
向她的画笔，借一袭袈裟

绵阳米粉

无非就是米做的粉条
无非就是本地最有名的一家
无非是来得早和来得晚的
都得排队
无非是店堂里传来
吸米线和喝汤的声音
让人忍不住
吞口水

快递逸事

小区门前摆满快递来的物件
有两件分别从晚清和民国发来
包裹单上的繁体字已经模糊
邮戳旁洇出来几块霉斑

送快递的把电话打过去
坟里的人边打哈欠边说
这几天不宜破土出行，加之
坟头那株野花还没开完……

歇业的时装店

老板，拍屁股走人时
想想几位裸模的感受
帮你站了多年橱窗，此刻
总该扔块布给她们，遮遮羞……

生意不做了，人还要做吧
小心猫儿吐你口水
喜鹊朝你扔石头

看见一排待岗的椅子

一定是得罪了
某些肥臀和小腰
才落得凄然面壁
活在世上，人艰难
椅子也不容易

所幸只是待岗
那么，粗茶淡饭会有的
屁股和二郎腿会有的
听，麦克风开始试音了：
喂——喂呃——
后排加十把椅子
列席

如是我闻

蚯蚓长角
麻雀退休
落叶张狂

有雪扑火
有枪饮弹
有泥过江

香客散尽
菩萨挽袖
自抽耳光

在人间

红尘中，我是个冷暖知足的人
与爆竹同时咳嗽
有瀑布在旁，决不下雨

已经约好一根竹笋
将来做我的墓碑
它在土里生，我在人间老
它不从坟前拱出来
我不咽气……

免费磨刀

过年了，物管回报业主
请来师傅，免费磨刀
一早就排起长队
依次是：王屠户、蒋剃头
提菜刀的朱幺娘
扛花剪的游大嫂
尹三的匕首用报纸包着
怀揣刨笔刀的小伟
手上的冻疮即将盛开
值勤的保安双拳上挺
伸了一个锋利的懒腰

在CA4101航班上

我侧身看舷窗外的景色
靠窗的她，警觉地提了提胸衣
上天做证，我的目光只是路过
对那里的丰腴或贫困不感兴趣

关　系

凛冽是寒凉的老大
云团是蒲团的老大
二奶是三奶的老大

守在主人坟前的土狗
长眠花蕊的蜜蜂，是我
心中的菩萨

柏树王

满山都是柏树
那棵被拥戴为"王"的
已经活了两千三百岁
站在水泥围栏中
身上挂满红布

柏树们都很服气
因为彼此有多少圈年轮
心里都清楚
所以选举时不用投票
也不按表决器
只需用根，在土中碰一碰
就表示
拥护

晒

香饽饽。臭皮囊
人头。狗尾……
一律
平等

太阳说
没什么新东西
都是
欲
和
病

锄禾日当午

锄禾者在山上。他们的花
嘻嘻哈哈地笑出了短墙
院内无人，狗也踏青去了
花们团结一致地起哄
把一院子的寂静吵得晕头转向

无论那些花有多热烈
锄禾者只顾流汗，懒于回望
（农事永远高于花事）
这时风把香气吹过来，好闻
但谁也不会说它们芬芳

山里的梅花和冻疮

——读赵晓东油画

那些买花的城里人，热衷

对着她们手背和耳轮上的

小红疙瘩，照相

习惯了不予理会

她们把钱理好，夹进课本

书包里的荞麦粑粑

还热，还香……

她们对那些镜头说

再买束花吧，再买束花

送你两粒

冻疮

头　衔

应邀赴会
看完签到的负责人说
先生太谦虚了
怎么只是个"退休编辑"
即便掉根白发
也是闪光头衔
我说退休时
衣帽底裤都交了
只剩一个光身子
总不能自封
肝肾委主任，或者
虎背熊腰协会会员

上台就免了
我习惯坐下面
保证勤奋鼓掌
一定把盅里的茶水
喝干

卖鱼人找出的零钱

卖鱼人找出的零钱

多数都沾着水

有时，还有一两片鱼鳞

他要抓鱼、剖鱼，还要去解决

挤在一个盆子里的

泥鳅和黄鳝的矛盾

理解万岁

钱币上的人像

睁着湿漉漉的眼睛……

这种情况有点像春风

路过蜂巢时，会留一些花香

在它们的窗棂

眼睛病了

大夫问
你是干啥的
眼睛弄成这样子
我说我是看字、写字的
他说，用眼过度了
再看，会瞎的
我问，手术后可以看吗
不可以
那……谢谢你
让我省了一沓人民币

从此，只看短小的
短松岗。短尾巴。短歌行
小兴奋。小别离。小涟漪
有麻雀在面前
绝不看飞机

跑山鸡

广告说，它们跑过
泰山，华山，峨眉山……
所以，肉质特别优秀

而鸡们只记得笼子
在笼子里，满嘴饲料
跟着戒尺一字一顿：
山，山头的山！
头，山头的头！

秋风起

所谓铁打的江山
经不住几阵风吹
就媚色满脸——
杏黄。鹅黄。橙黄
铁青。酡红。靛蓝……

也有不肯俯就的
于静中守恒，土里守命
不屑近在咫尺的谁
红得要死或欲爆欲燃……

愁　肠

长叹毕。书生
踱至院坝，用眼和手
抚摸晾于竹竿上
七弯八拐的香肠
颤声唤来翠花：
将那一节姓愁的肠子
煮了，下酒。哼首小曲儿
肉肉里的花瓣，郎里格郎

五楼窗口

从五楼窗口往下看
是小叶榕光鲜的树梢
苍翠。嫩绿。饱我眼福
有风跳舞，无风自摇
它们的树干都很朴实
却将那一点娇俏举得高高
这有点像锁匠王大能
总爱把小幺儿架在肩头
五音不全地哼歌，逢人就笑

致——

世纪风把许多纯情吹败

你术后的脸，是一朵悲哀

但我还能刨开记忆

去根部看你的昨日

年年春末，让一些细节

开出花来……

灯，或者雨

一盏灯的诱惑
一滴雨的打击
意识困乏时
你喜欢哪一种躺椅？

整整一个秋天
你以黄叶果腹
他们禁止的
有时正是你想要的

那夜，情欲在壁灯下裸舞
一群人立即皮肤过敏
四月里嗅过的那朵花
如今已换了香型

回忆可以抵达的地方
长满荆丛和毒菌

一盏灯或一滴雨

让你感冒得一本正经

雨　季

那场阵雨纯属命运使然

伞下，你的脸色如天色黯淡

友情不多不少刚够并肩共伞

靠得太近，不知该使用哪一国语言

随和与风趣都冻僵了，冻僵了

尴尬乘虚而入，凝成苔藓……

比阵雨更惊心的是我们的残缺

灵魂相向时，却噤若寒蝉

下一个雨季不知谁为你举伞

命运雨说下就下而旅途中没有房檐

无　题

散光已成普遍的疾患
办完离婚，他才头一回看清
那张本该与之白头偕老的脸

大海是一箱盐水加无数游鱼
太空是刺耳的啸音倒悬的闷罐
当美容美体已进入精雕细刻
谁在人造的月光下怀念
情人鼻翼上十七岁的雀斑……

药房门前的磅秤

因为免费，又是二十四小时服务
人脚狗爪猫足，已将其
踩踏得既不合辙也不押韵
一只蚂蚁在秤盘上转圈
如果你慧眼犹在灵根未枯
大致能看见自己的小命
还剩几斤……

药柜旁，郎中捻须微笑：
命不识秤
秤不欺生

失聪者

宿命曾经对他耳语：
值得永远聆听的，是静

所有的电视都是默剧
一对恋人正在拥吻——
他突然渴望能听到
唇与唇忘情吮吸时
神也喜欢听的，那种声音

摔门的邻居

出门和回家
他每天摔两次门
摔得又重又狠
摔得洒脱、平静

每天送我两次
亚地震

疑是一位抡锤子的角色
至少，也在运动场掷铁饼
他身边的易碎之物
估计早就逃之夭夭
剩下的老婆、孩子
必须是铁砧或哑铃

门上的脸

贼娃子入室之前
都要踩点
在门上做记号——
方框。圆圈。叉子
把信息留给同伴

我的门上
画了一张瘦脸
表示屋里人
又穷又老
没什么值钱的东西
累了，可以闪进去
喝杯水，打个盹
或者抽支烟

窄铁或图穷匕见

称兄道弟时那些窄铁就醒了
酒肉穿肠时它们就各自锋利了
至于何时何地出手，因人而易
反正"捅"字发明之前就已经有刀
照着这字形干过了
无论江湖，庙堂，都屡试不爽

茅　草

懒得动梳。白发
茂盛如一蓬茅草
比起时尚的光头，风
更喜欢我的脑袋
它们在上面荡完秋千
又躲猫猫……

凉血止血，草根即药
难怪我至今不善沸腾
能用拳脚护命
决不动刀

大风吹我

从外到内
搜了N遍
无非是：
三块腹肌
两脚老茧
有旧爱，无新仇
刺于右臂的匕首
早已褪尽锋芒
老花眼里的平仄
正在煮碱熬盐

拜托
白发丛中
孵着
一窝鸟蛋

我和五虎上将

关羽啊张飞啊赵云啊马超啊黄忠啊
刚才我对着你们的背影和五个马屁股
拍了又拍，拍了又拍。现在请你们
往两边让一让，让我和虚构的马
站在你们中间，沾沾光
我没有挥过大刀长矛，但抡过铁锤
把许多毛铁打得踉踉跄跄
我现在就把锤子举起来，配合
你们的造型。能憋多久憋多久
直到把朝日憋成夕阳……

握手辞

因为握手太重
曾被人夸张地表扬：
还能把生铁捏红……

心中明白，粗粝来自过往
来自砧上火花，浪间号子
以及酒精超标的工棚……

对孱弱、血凉者
不行握手礼

比如寒月
比如秋风

杀鱼的前戏

重重地摔在地上时
死还没有完全到位
再用刀背击头
才算大体结束了
一生

放入盘子，过秤
突然哀叹或呼一声口号
会更重，还是，更轻？

向日葵说

不是所有高高在上者
我都会将其视作太阳
我见过太多皮袍下的"小"
以及，如日中天的肮脏……

活　着

越活越旧和越写越淡

都具有惊人的相似性

写得再黑，最终都将归至无痕

活得再久，骨灰盒的形状都不会变

高跷可以踩一阵子

好玩

地名：马吃水
——寄李华

远道而来的马
吃完草，再埋头喝水
最后那声响鼻，是在说
水是另一种酒呀，俺也贪杯……
赶马人抽完旱烟
烟锅在石头上敲几下
马就知道该上路了
绕过山湾，隐入水湄
晚清或民国就随他们远去

如今你在那里码字，相当于
一块留守的路碑。新涟旧漪
马头在键盘上，喷着热气

文学中年吴三省

一个刚刚获得中级趣味的人

一个蹬三轮车从不排放尾气的人

一个被站街女的身世忽悠得流泪

极力推荐用文学名著疗伤的人

一个在金融危机中，还能

忙时吃干闲时吃稀的人

一个无农药残留也不含三聚氰胺的人……

昨天他请我喝茶，红着脸

听我夸他的半首诗

尴尬得如同在听自己的一则绯闻

书 殇

有些书是被同类否决的
有些书是被自己废掉的
卖书前，将赠书人的题字
取下留存，并在落款处
送上一声繁体的慨叹……
旧人，旧字，旧事
过眼，过心，笑笑
——是断简，也是残篇

自语者

旱地里私奔的水意
和影子热恋
向假设开火

用絮叨的桨
划逝水

孤独的哑弹
反向的陀螺……

做一只雁吧
一昂首，就喊出
长天的辽阔

秋将尽

假寐在一只
民国的沙发中
闭目
神游……

偶尔会对阳台或门外的动物
嘘那么一声。它们通常是
几只麻雀或一条小狗

雾霾日，在肯德基

外面冷

店里暖和

最暖是厕所

三个便槽都有人射水

我屈就"儿童专用"

洗手时，看了看镜中的自己

果然童颜鹤发，咳嗽如歌……

守门的肯大爷

已换了迎宾词：

本店无霾

放心吃喝

殡仪馆

一生不长，每天都有人"到期"
火化炉不问爱恨情仇
睡着来这里的都叫遗体
所以墙上的大钟没有指针
日历牌反复说，每天都是"头七"

墓　歌

墓穴中住着蟋蟀一家
咕噜噜的鸽子在隔壁
联袂演奏冥乐也唱冥歌
约定俗成不鼓掌。相邻的碑
有时会靠拢来，窃窃私语

如果每年都能……

如果每年都能抽时间
去殡仪馆和墓地看看
在上述两个地方，分别
鞠个躬和点支烟，你就会
对家里的旧沙发，老灶台
投以热眼，继而耐心抚平
旧书中的深浅折痕
赞赏鹩哥的问候语，能在
短句之后又优雅拐弯……

内　急

内急时，摆地摊的跛腿老头
习惯对街角的那蓬野草
实施义务浇灌。看见这一幕的
不止我一个，但对此行为
我们都睁一只眼闭一只眼
这个城市抓了"老虎"又拍"苍蝇"
却无力将毒霾驱散
解决此等"内急"
绝非一泡尿的时间……

野草长势良好
一双跛腿，送别着
趔趄流年

蚊子说

痒是正常的
包括肿和痛
我们已改喝有机血
这个
你懂

宿命知道

卖轮椅和拐杖的商店

有时整天都无人光顾

店主照样读经，下棋

红尘中，谁会跛？谁会瘸？

宿命知道；宿命会安排时间

叫他们来，领走各自的拐和椅

一小撮

满头白发中，还有几根
粗壮的黑发
我对着镜子向其致敬
这誓死不降的一小撮
与壮士无异。直面
冰山压顶，风雪交加

不要把羽毛球打得太高

太高了，会出现两种意外
一，球至空中，突然消失
消失于一群裹挟的白鸟
二，分明是往前方击球
却拐向东边的桤木林
准确落进树上的鸟巢

毛想皮，此乃天性
它还想去飞，它是羽毛

陵园里埋着的那位拳击师
两年换了三块碑
半人高的大青石
一块颈断腰折，两块东歪西倒
据说他每晚出来练拳
都把那墓碑，当作沙包……

洗手读书

读到一段

十分投缘的文字

或者，既亲切又智性的

文字时

我就会把书扣过来

去洗手

哗哗哗

洗得极其认真

直到手心里

现出"干净"二字

才又把书恭敬地

翻过来，继续读

一段文字或几节诗

会耗去我

一个上午

踢着玩

不是皮球，也不是

石子儿、瓦片

奖章！金质奖章

已经踢坏一块

这是第二块……

她是妈妈的小女儿

她的妈妈叫居里夫人

一生只得过

两次

诺贝尔奖

1867年生于华沙

殁于1934年

喜　欢

喜欢看早晨的猫咪

抹三下左脸

抹三下右脸

毛发便油光可鉴

然后拖着长声

嗲嗲地向主人

道早安……

喜欢什么各有所好

王保长喜欢三嫂子

蝴蝶喜欢四月天

赵一曼

1

你不止一次看见自己的血和骨头
看见生和死。看见
皮开肉绽，体无完肤

2

即使是零下的雪，一丝暖气就能回到水
只要供出土中的根，承认自己是树

3

你又一次昏死过去了赵一曼
昏死在烙铁烫出的烟雾中
那烟雾用狂草代你写了一个大字：不！

4

你见过无数卧身枪膛的子弹
杀死你的这一颗，爆响时如一声闷哭……

5

历史说，无须再寻她的遗骸了
她和那匹白马，常常出没在云天高处

通缉七十年前的一缕炊烟

应该动用所有的侦察手段
通缉七十年前的那缕炊烟
软体的叛徒，登高的告密者
是它指认左撇子沟窝棚里
藏着养伤的"匪首"赵一曼

七十多年了，那缕炊烟一直未曾伏法
被照耀的白山黑水一角
重又陷入零下四十度的"严寒"

应该让每一只鸟都知道它的罪行
让每一缕风都记住它的嘴脸
从灰霾毒雾中察其蛛丝马迹
在抱团结伙的乌云中将其捉拿归案

命里命外

弄得一地鸡毛的人
从不使用鸡毛掸子
鸡毛掸子路过地上的鸡毛时
不惊诧，也不鄙夷

太阳从不问向日葵
白天有多少仰望
夜来有几丝寒意……

血在血中
命在命里

打鸣的是夫君
下蛋的是妻

核桃树

树干上被砍出
许多刀口
像眼睛，把你凝望
为刺激早挂果，多挂果
挥刀的人，必须有副硬心肠

我在城里夹核桃时
总是小心翼翼
担心那金属夹子
过于锋利，又砍在
核桃身上……

趴在牛背上的牧童说

你慢慢吃草

我睡觉

记住：吃饱了

驮我回去

找笛子

和

书包……

春　困

战壕边的野花刚绽开

士兵的刺刀就弯了

指挥员再三下令

弹丸在炮筒里磨蹭

就是不出去

司号员流汤滴水

敌方听出来了

冲锋号吹的是：

我……爱……你……

信号弹趔趄着升空

如同孔明灯

恍兮……惚兮……

我和蚂蚁

儿时屙尿
淋过蚂蚁

小命大挣扎
不闻呼号
但让人兴奋……

最近常有蚂蚁
在梦中吐我口水
还扬言要给纪委
发举报信

今晚务必带零食
到梦里去
把积怨消了
把事情摆平

图个清静

春 事

石头怀孕

疯子开花

春事多，众生忙

土豆结义，蚱蜢痛风

蝉在吃蒺藜

为夏季演唱会

准备

充足的嘶哑

许多坟

许多人和树都进城去了
许多坟也迁到了公路边
后人祭拜更省事
逝者拍掉身上的泥巴
从土里出来
搭车出行也方便……

没什么阴阳两界了
山里的坟都带有小园子
花开着，主人随时可以陪你
喝茶，聊天……

隐

谷底的某块石头一再表白
自己原来的位置在山顶
与太阳和月亮是近亲
变成西西弗斯的猴子们
都窃笑，只是做出
推的样子，并不使劲……

屁股原来并不红
这话，当然可以一说再说
但随时注意遮掩，对猴子
肯定也是重要的事情

鸽　子

飞是飞不起来了
甚至，懒得扑腾

游客多，食物不少
挑肥拣瘦是必须的
让鹰们去高蹈去吟啸吧
世界只要还有枪和刀
我们就代表和平

鸽哨送给孩子们玩
即使上帝掀起飓风
也吹不响我们
哑去的肉身……

文火 / 好刀 / 米二姐

民间事物

窗纸上
一群红狐奔跑

冬阳暖照的相框内
祖父抱一只雕花酒壶

沿着陈年的谷垛
月亮升起

旅行箱底
存一块家织土布

围着墓穴
敲响沉重的锣
跳起送行的舞

劈柴者汗气蒸腾

酷似一座炉子
你只能说到这种程度
譬如红苕在灶膛里
热得甜蜜
你一夸张，它就焦煳

向民间的事物俯首
亲近并珍惜他们
我的诗啊，你要终生
与之为伍

小民百姓

石头之外的沙子
北斗之外的星子
小民无边无涯
难以计数

小民推车拉船
小民栽秧打谷
敞开毛孔排汗
勒紧腰带读书

抓丁先抓小民
小民无路可逃
上有高堂，下有儿女
圈里还有几头猪

用民间的酒精烧火
小民发牢骚说怪话

孟姜女哭倒长城
小民含泪欢呼

草一样多的小民
看过许多树
趾高气扬的是权贵
绿荫送爽的是父母
古代有包青天
现代有焦裕禄

后来小民改称百姓
前面加个老字
表示很大的一群
说明时代在进步

夹生之饭

打谷场上，我干净如
一颗露珠
谁把我推向交易
在谁的手心里
我处子般素朴？

我做了多长时间的米
谁是与我一同出道的
米兄米妹米婶米叔？
无论自谦还是自卑
都是同一种结局
在走向饭的过程中
我可曾有过彷徨
是否执意要保留
一点点硬度？

谁煮我时大而化之

一捆柴禾一口锅
一缕形而下的烟雾

如今，我已是一粒
被公证过的饭
但只能离群独处
当年煮我时过于马虎
像饭，又结实得像米
让许多容器爱莫能助

闲来无事，便怀念
故园阡陌，青菜红薯

过江之鲫

密密的一大群
密密的一片喘息声

无形的命运之网
四面八方围过来
明明灭灭的诱惑
在前方幻影

密密的一大群
密密的一片喘息声

谁心事重重　一路无语
谁逐波而去　杳无音信
谁在春江水暖时
掉头回望
谁以鳍自抚
于凌汛过后　痛悼

被劫的体温……

密密的一大群
密密的一片喘息声

生存就是一次过江
一次背向故园的远泳
这趋之若鹜的奔赴
是一瞬　也是一生

密密的一大群
密密的一片喘息声

濡湿一部厚词典
视线落处
沾满
鱼鳞

日子是命运摊开的手掌

日子是命运摊开的手掌

我们是那掌上

一群小小的东西

晴天，蹲在拇指上晒太阳

冬季，蜷缩在一条纹沟里

有时我们忙不迭地

奔跑，朝一片指甲跑去

我们喊，看哪！好大的雨

……就这样活着

活在这片手掌上

劳作。做梦。生儿育女

悼词或者颂歌

贫病交加或灯红酒绿

有人去手背探险

与歌唱探险的人

一起出了名

有人去到手掌尽头

站在指尖上留影

回来后就很神气

所谓海角天涯

所谓离家万里

不过是小指到中指的距离

所谓喜事重重

所谓愁思万丈

也不过一粒芝麻的体积……

日子是命运摊开的手掌

我们是那掌上

一群小小的东西

关于底气

一般的气息
用来维持
日常之需
呼吸自如的我们
或肺门大开
或吐气如兰
有兴趣的时候
吹口哨吹泡泡糖
顺便吹翻
对方来犯的
纸人纸马纸飞机

底气是另一回事
底气在丹田以下
沉稳、结实
对上述日常活动
从不参与

底气丰沛的人

常在谷中散步

随手摸摸树上的文字

花就开了

当鼓噪之声盈耳

底气丰沛的人

在南山的菊花上

悠然睡去

流水账

赤条条

入世

人儿小

哭声大

量体长

称体重

恭喜恭喜

交费

回家

奶水穿肠过

笑。一望无牙

药。糖。妈妈

虫虫。车车。马马

书包。背包。提包

阴转晴。晴转阴

爱情。婚姻。性

舅子。姐夫。姑爷

面具。油水。物价

鹏程。驴道

喇叭。轿子

股市。鸟市。菜市

灰尘。茧皮。伤疤

阿猫。阿狗。哇

电视。哈欠。啪

睡。睡吧

来。去。停

谁都有这一天

懒得做梦

不再磨牙

把皱纹赶开

躺成个乖孩子

满世界水泥

无芭也无蕉了

雨还在打什么

傻瓜

居室的下午

很干净的阳光

从阳台侧身进来

极有耐心地观察

母亲的咳嗽

和我读书的细节

母亲在里屋躺着

我翻书，做一些笔记

在5单元3楼

阳光就这么好奇

母亲咳嗽而已

我伏案看书而已

看不透薄薄的纸张

咳不出什么新消息

家人大部分在外省

少数上班没回来

对面的体育学校

许多运动衫和袜子

在风中飞，孔武有力

我和土豆

音质干燥　尖
高压锅的唏嘘　像一支
伤风的短笛
从盆中捞起一群
结实的土豆儿
逐个冲洗　去皮
刀在菜板上等
先土豆片　后土豆丝
大家遵守的程序

生存中有许多
必须就范的具体
我灵感的两片翅膀
一片映着人间烟火
一片浮入高天的云霓
被土豆之类坠着
抽象总是无法到位

对汉堡包　牛排
缺乏由衷的食欲

如今　各式旗袍的开叉
已被主义们撩得很高了
我笔下的浓浓淡淡
依旧是家园背影
扫街人的布衣……

请用吧　这是我的
土豆　无黄油　无脂粉
香　是我自己的香
细腻　是国产的细腻

七楼上的鸡

年关之后，一只鸡
在七楼的水泥阳台上
　大叫
很硬的短声
已非司晨的风度
一声比一声尖厉
仿佛决意要刺痛
这新岁的拂晓
想起它的同类
年节纷纷遇难
就揣测这种叫法
类似所谓控诉，以及
虽生犹死的号啕

我的同胞正在酣睡
偌大一座城市
静在白夜之中

任由这歇斯底里的鸡

严词厉语，不屈不挠

惊异复惊恐的我

被迫逐字逐句

译着那叫声……

哦，鸡已躲过劫难

我却在劫难逃

米二姐和她的双层车

天刚亮，米二姐的双层车
就从巷子那头开过来
木轮子碾着粗糙的麻石路
吱嘎声使人想起她那两扇
缺油的门轴，以及多年来
从未润滑过的日子

双层车是男人给她打的
男人把她和车留在世上
却把卡车开进了麻石河
已经一年多了

没见米二姐哭过笑过红过绿过
生下个娃儿也像她一样沉默
只有那辆车，木板打的双层车
每天一早，轧得麻石路乱叫

巷里人早就习惯了

早就默认了米二姐的车子

人不说话会闷出病来

人不说话就让车轱辘说

哪怕说得难听点也好哦

在这个小城，米二姐的双层车

是唯一送牛奶的专车

牛奶又白又稠

价钱和自来水差不多

米二姐每天都觉得

两个奶子鼓鼓胀胀的

双层车上层的牛奶常常

溅出来，溅出来流在下层

娃儿的脸上……

每天清早，米二姐一出门

半个城都知道

好几个男人打过她的主意

但据说都不敢靠近

米二姐平平静静地推车

车轱辘轧出的声音

钢针般乱飞，又锋利又冷

即使你有很高的文化

也无法凑上去抒情

烤薯店

食客几乎全是打工的
店外寒风飕飕
店内热气弥漫
中间一个大烤炉
烤薯，也烤各地方言
几块钱撑你成一条大红薯
再欢迎你偎炉取暖

快活的乞儿们满面红光
大嚼又酥又甜的薯皮
把店堂的麻石地板
义务得亮如镜面……

冬季，我常常和书泡在这里
从炉里领取滚烫的圣餐
帮店主看火，与伙计唠家常
让自己像红薯一样

变得浑身瓷实，四肢香甜

我要走了，去另一个城市
最后一顿红薯
吃得我满头大汗
我想我注定是民间的土著
离垄沟最近
离宴席很远

小街上的孕妇

大大咧咧的三个孕妇

常常走在一起

隆起的裙装如城堡

即使坦克开来

也不会回避

她们耳语，玩指腹为婚

放肆的嘻嘻和哈哈

把一条小街弄得十分喜剧

她们臆想中的孩子

一出世就能跑能跳

就会唱"小燕子，穿花衣"

她们隔着幼儿园的栅栏

观赏园内的芬芳天使

并择优组装自己的宝宝——

挺鼻梁。甜酒窝。双眼皮……

她们看得如痴如醉忘乎所以
这时就有小脚、小拳头
在她们肚子里"肇事"
是警告，也是无声的抗议……

走出幼儿园的三个孕妇
快乐得气喘吁吁
她们散发的母性和爱心
足够下一场伏天的阵雨

李三秋

三秋在殡仪馆工作

不是当馆长、书记

也不售祭幛、卖花圈

总之他上班的地方

除了自己醒着，其他的人

都睡得很甜

工作不累，也不算忙

人运来了，对照，登记

然后送进一格大抽屉

一律在当事人的脚拇指上

挂一个标签

都要去悼念堂开会

（开最后一个会）

开会前，在这里等待

三秋不等谁，也没人等他

这样的日子已过了二十年

屋子很静，连好奇也不来

日光灯长年亮着

三秋常常忘了季节

忘了是午夜还是白天

逢到值夜，又不想睡

三秋就拉二胡

就和一把二胡对话

《病中吟》《江河水》……

在弦上碰出忧郁的波澜

我去陪他，背对那排大抽屉

一根接一根抽烟

想想快四十了还没成家

就觉得他活得太冷

而我们对他也实在不够关心

老 孟

跑广告，外带影场跑片

不跑片时老孟就打瞌睡

怀抱书本和笔

其情可敬

其状可怜

决心在写作之树上

吊死

老孟不缺自信

缺的是精力和时间

在形而下大口喘气

却向往灵魂出窍，以及

信马由缰的散淡

死心塌地抛绳上吊的老孟

让友人同情又愤慨

那个叫什么缪斯的家伙

根本不在人间

士别三日，如今的老孟
果真吊在了行道树上
夫人保驾，床在风中
摇曳，情态缱绻
吊床卖得又快又好
老孟在空中跷腿写字
夫人礼貌出货，素手点钱

好好干吧老孟
你是能够吊出点名堂的人
别忘了警察叔叔的关照
燕子乱飞时
立即收摊

小　姐

已经不好用这个称呼
叫那些年轻的女子了
即使满脸纯洁
也冷不防招来
误解和敌意
于是便点头，微笑
讷讷地避实就虚

这原本是个极美的称谓
张生如此叫过崔莺莺
一个名叫西厢的院落
才苦得甜蜜
变成蝴蝶之后的梁兄
依旧不改口
会飞的英台小姐
爱情们仰慕的虹霓

小姐曾是你的挚友

小姐后来做了你的妻

小姐姐带你去放羊

姐儿小小会补衣

小姐是月，是月下的田螺

是镜，照亮你心中的云雨……

已经不好用这个称呼

叫那些年轻的女子了

因为夜幕落下时，你不知道

哪些灯会红

哪些酒会绿

小芳外传

小芳进城后

把又粗又长的辫子

盘成一朵黑蘑菇

小芳在车场洗车

小芳在餐厅打工

小芳和自己的影子

睡在出租屋

小芳路过歌厅

听见男人们在唱她

唱得铭心刻骨

小芳就苦笑

笑那段背时的爱情

居然还有人照瓢画葫芦

小芳曾悄悄打听过

那批返城的男人

据说他们在"青春无悔"之后

纷纷做了别人的丈夫

小芳从此不思婚嫁

任皱纹疯长，白发疯长

小芳老去时，那支歌依旧

依旧在红灯绿酒中

　朝秦暮楚……

有消息透露，近几年

小芳在一家豪宅当保姆

学会了使用电脑

敲出来一部厚厚的小说

消息称，小芳明日将在滨河路

签名售书

带红枣的人

带红枣的人

朝街边的一排宿舍

瓮声瓮气地喊

喊谁的小名

带红枣的人

穿一身粗布衣裳

七老八十了

还笑得那么有劲

带红枣的人

挎两条鼓胀的口袋

袋子勒住他的肩

带红枣的人，前胸后背

就像一支民歌里唱的

沉呀沉甸甸

带红枣的人
从远远的山区来
有汽车，有三轮，他不坐
他说新枣最怕车轮子颠

带红枣的人
现在就站在围墙根
喊不知哪层楼上的哪门亲戚
喊亲戚的小名

带红枣的人
也不知走错路没有
也不放下袋子揉揉肩
就那么喊，瓮声瓮气地喊
就像站在自家的枣树下
喊一颗枣——那么随便

扫街人

总是先从酱油厂那边

扫过来

在一盏两盏三盏路灯下

浮尘聚散为

各种形态的小动物

飘在他的扫帚前面

给他乏味的工作

一点点乐趣

方格子水泥小街

是几百字的路面？

他从最末一行走进来

把每一个格子

和格子间的缝隙

擦拭得干干净净

然后，从标题的位置

退出……

我关窗回到桌前
尽量让落到纸上的字
对得起他的劳动

天天如此

渔　人

渔人

你撒出的渔网

是河上最圆的朝日

鱼群向你游来

你年轻的身影

漫江流淌

年年桃花水

桃林在岸

桃花开在你船旁

渔人

你划桨的姿势与生俱来

男左女右。篝火在左。酒碗在左

右边的织网女

是你永世的新娘

渔人

你藏起金子似的鱼卵
一程又一程
护送想家的鱼
回故乡

渔人
水域越来越少
尘世口干舌燥
你要留下最后的鱼
衔住人类
最后一片波浪

木鱼岛

不懂那对岸的方塔寺
为何要放逐这只木鱼
任寂静引来许多的鸟
任野桂花摩肩接踵地香
年复一年，任其泡在水里

其实，三年五载敲上一回
也算那么回事
木鱼在山水间立足
也不至活得不男不女

生命同根又同源
山上的晨钟暮鼓
何必趾高气扬
何必

社会转型了

这只被弃的小鱼
如何抵挡得住
渡水而来的人欲

卡拉OK在鱼背上
唱得死去活来
鱼肚下面的桑拿室
日夜哼哼又叽叽
满嘴腥红的女招待
听不懂我的话
那时我站在窗前
我说下吧，巴山过来的雨……

夜宿鱼嘴中
与一只小船商定
明晨早早走。木鱼木鱼
哗的一声，把我吐出去

唤鸭的人

码好柴禾，关好猪栏之后
拍打拍打身上的围裙
然后走出来，站在黄桷树下
向着暮色四合的田野
送去一串清亮的高音

鸭儿——弟弟弟……

星子就在她的唤声中
晶莹、稠密起来
模糊的池水、堰塘
渐渐蓝成明镜

鸭儿——弟弟弟……

总是那么准时，这声音
总是那么温润

对于蟋蟀，是琴瑟开始的
允诺；对于萤虫
是招呼它们拧亮屁股上的小灯

鸭儿——弟弟弟……

她和黄桷树站在一起
构成一幅家园的剪影
她唤那些满世界觅食
游荡一天的鸭们归来
也让四面八方的乡情
失去平静
当那些迈着八字步的小家伙
摇摇摆摆向她扑去
你是否就是其中的一只
一边奔跑，一边答应……

鸭儿——弟弟弟……

弹棉絮的人

第一场秋风吹起时

他们就上路了

男人扛着弹弓走在前面

女人背着孩子和简单的行李

踏着祖祖辈辈

进城的足迹……

年年都这样。秋风起时

他们便如约而来

在偏街背巷

弹响古朴的弦线

给城市新秋的门楣

挂一串浑厚的谣曲

弹棉絮的人，起早贪黑

捧出一叠叠新絮

一叠叠白净如云

这都是他们种出的棉花

在乡间在城里总能相遇……
这事实使人亲切
亲切是他们心中的秘密

在现代文明的眸子里
他们是声形并茂的传奇
弹棉絮的人便被围观
包括他们在水泥地上
打滚的孩子，和晾在行道树上
原色的土布衣……

小镇记事

当股长了，走路
就该押股长的韵
就该打股长的饱嗝
就该有股长的
傲，和冷
就会有喇叭和轿子
上请，下迎……

小镇的书记、镇长
就是这里的天。往下数：
比蚂蚁大的是蚊子
比蚊子大的是苍蝇
邱矮子管五个垃圾桶
每天在桶内翻找时
必然踮脚，并将
细如麻秆的颈项
伸了，又伸……

155

带伤的人

带伤的人
用路边的草药止血
用衣袍遮住伤口
走过一个又一个城镇

带伤的人
发现更多的伤者
与他同步，或者
擦肩而过
用同样的方法
遮掩痛处
制造符合时尚的
轻松和兴奋

带伤的人
晚上关门独处
对着酒杯呻吟

伤口柔软，除此之外

一切都很硬

带伤的人

在回忆里摸索

他要寻找的药方

是几位早年的知己

和一盏

儿时的灯······

打铁生涯

著名的《国际歌》中
有两句歌词
说到"趁热打铁"这件事

我在打铁铺待了六年
常常是铁已烧得冒汗
却并不去打
有时突然闯入
一群知哥知妹
冲我撩开军大衣
吊儿郎当地集体"亮相"
——至少有七八只
队长支书的鸡仔
在他们的皮带上痛不欲生
逢到这种时候
打铁铺一派节日景象
砧板乱响

鸡毛飞扬……

再就是嗜酒如命的老师傅
用旧报纸包卤猪头
油水污染的部位
恰好是林副统帅的头像
大祸缠身的师傅
常常神不守舍
常常把一些毛铁
烧得百孔千疮……

我在打铁铺待了六年
学会了把炉火烧得通红
并知道轻飘飘的报纸
有时会比铁还硬
至于队长支书的鸡
我打心眼里承认
无论红烧、清炖
都汤鲜肉香

某歌星

看倦了铅字般的日子
便想看看你
百合一样的你
月亮一样的你
看你向听众飞吻
飞起满场喝彩
那样的生态环境
难免不打情骂俏
或露一截玉腿之类
但大体说来
还算卫生
因其把握得浓淡得体
才保全了那点
可人的魅力

你唱，唱了《万语千言》
加起来，其实只有一句

"爱——你这个鬼东西……"

那个"鬼东西"有时很像你

所以把你淋得透湿的掌声

总是狂热又亲昵

我不鼓掌

（我的掌纹太挑剔）

我只是偶尔

从坚硬的日子上

抬起头来看看

看你在梦境中

多情地

摇曳

西窗烛

蜡烛还认不认得西窗
　　是个问题
何况窗框是金属的
何况淅淅沥沥，尽是
黑乎乎的酸雨

但你需要一朵烛光
安妥今夜的思绪

秋池早承包给专业户了
偶尔还见旧时的涟漪
抹口红的女儿在酒楼
打工的儿子无消息
股市里泡着
老伴和他的救心丸
你和一朵摇曳的烛火
在窗之西

烛是不用剪了

那朵火已将熄未熄

好想给李商隐挂个长途

请他帮忙打听

儿子的归期……

看一个牛仔脸上的刀疤

上帝把他脸部的
最后一道工序
留给了尘世中的
一口刀

那是最难　也是
最壮烈的一道工序
阴云四合　抑或
残阳喷血时
刀　劈下
伤口起自眉骨
收在嘴角
不能差错分毫

一次特殊的
整容
以杀戮方式完成的

164

一种创造

刀光闪处
倒下苟安与平庸
绿得发黑的
草原深处
刀痕在马背嘶鸣
在荣辱生死之上
照耀

我指给你看那辆牛车

那牛，拉着满满一车松枝
在坑坑洼洼的山路上走着
松枝，很新鲜的松枝
什么时候被颠得倾斜了
有那么几束，就搔着牛犊的眼
且香得它有些晕眩

南国热乎乎的阳光
把山腹照得又酥又软
把仰躺在松枝垛上的山姑
薄衫下那对乳房
照得醉酒般摇摇颤颤

那牛车在阳光下慢吞吞地走着
那几束松枝不轻浮也不庄重地搔着
木质的车轮不想唱什么歌了
对有些感受，最好的表达

就是缄口不言……

山路还有多长？山姑还要睡多久？

颤着的那对乳房什么时候才会静下来？

听牧羊女唱《青藏高原》

这样的歌只能由你们来唱

高天。阔地。正是唱它的地方

趁羊儿倦卧，李娜诵经去了

唱吧，彩云一样的藏族阿妹

就在这个舞台似的小小山岗

从遥远的都市来到草原

我一路把这支歌揣在心上

我知道，李娜缺席，你们还在

风吹草低处，牛羊安谧

神祇似的雪山，高高在上

什么样的井台留驻什么样的饮者

在局促的生存里，我渴慕

《青藏高原》的辽阔与铿锵

当隐形的窒息让心灵缺血

各类长夜在酒吧醉意彷徨

说出高高的"青"和"藏"

便复原了我们走失的口型

　错位的神往……

呀啦嗦，一个多么质朴的衬词

一处迷人的间歇里有青稞的馨香

而伫立在高音区上的无尽山川

将因我们的仰视而圣洁辉煌

沙 枣

孤零零站在沙漠腹地

多少年了，不死

也不往高里长

你从远处看

它甚至不像一棵树

那么瘦，瘦得让人惊讶

也挂果。果实又小又硬

挂满果实的时候

就有一个人从远方赶来

爬上树去打枣

榆木棍子落下去

干灰扬起

雨点般的枣粒

直往老黄沙怀里扎

那个人每年都来

他打得很实在

他的关照很有劲

一棍接一棍，就那么抽

横竖不说一句话

那种枣你没见过

那种枣不能吃

那种枣打下来就埋了

那个人在树下埋枣

他没干完之前

夕阳就坐在沙梁上

等他

一灯如豆

打开历史

那盏灯就亮了

在一些寒窗之下

禅房之内

野渡舟头

沉静的一粒红焰

内力充沛　恒定如一

表示着一种存在

一种执着

一份自信

或者什么也不表示

就是一盏灯　亮在

民间的檐下

慈母缝衣

渔姑织网

游子写信……

也有把灯
弄得威武雄壮的
比如辛弃疾看一把老剑
灯辉就高过了
所有的梦境

这粒豆子　亮在
历史的黑土下
翻看史书的人
才不会感到太冷

朋　友

留一桌狼藉
我们站起来说
该回家了

说这句话时
我们其实是想说
今晚不走了，陪你
抵足而眠

外面下着小雨
我们慢慢地
穿着风衣
如果穿得快了
便觉得，更对不住你

外面下着小雨
你从一条很累的路上来

你是我们的朋友

我们多想把友情

铺成一张沙发

陪你谈心，谈诗

像从前一样

善意地挖苦和攻击

唱快乐或者忧伤的歌

然后，谁拥着一只酒瓶

打起鼾来

然后，窗子四四方方地说

天亮了……

如今

我们都有了各自的窝

我们再也难得享受到

那通宵达旦的快乐

外面下着小雨

留下孤独的朋友在旅舍

我们硬硬心肠，出门

朝着家的方向

做官的朋友

朋友们多已步入仕途
近年来音讯渐少
偶尔聚首，也是他们忙里偷闲
接见于我。看他们案头山积的文件
秘书进出，电话叮叮
便恍若隔世，不敢久留
朋友四菜一汤廉政待我之后
召来轿车，由我去了

朋友毕竟是朋友
热肠暖语，开导叮咛
既然你至今还无一官半职
理应怨铁不成钢吧
理应抚慰并抱其不平……

坐在朋友的轿车里
摸摸腹中的文字，袋里的诗稿

（幸好它们未抛头露面）

暗自汗颜

朋友高屋建瓴，远见卓识

即使上吊（打个比方）

也要找各种树子来测试

绝不从一而终

坐在朋友的轿车里

能感到丝绒靠背上

熟悉的体温

那温度又让我旧病复发

竟置刚才的教悔于脑后

怀想当年，当年的种种友情

寒夜走笔互以心温取暖的朋友啊

混船逃票西下岷江的朋友啊

稿费买酒长歌达旦的朋友啊

工装换西装的朋友啊

以警语醒我又用专车送我的朋友啊

坐在你常坐的轿车内

我欲醒犹睡，欲睡犹醒

为文为官该如何比较

高树矮草各有各的痴情

你看我时，当有不堪造化的愚笨

我常怜你，文山会海无涯际

苦了浓茶，老了绿荫

做官的朋友啊好自珍重吧

做惯了毛铁我是不想成钢了

钢是平仄工稳表情严肃的绝句

浪迹江湖长歌短叹

我已是章法无定的散文

朋友中总要有些平头百姓才好

说不定哪一天

轿车和秘书都认不得你

你会突然想起来找我

沽酒踏歌，去听鸟声去看云

（有我带路不是挺好么？）

做官的朋友

我就一个党外人士

你来找我，一定比我去见你

容易得多

红　豆

现在红豆已经很少了
我是说那种真正的红豆
你只要看一眼
就被柔情打湿
你宁肯自己曝光
也绝不轻易示人
我是说这种红豆
现在已经很少了

月光变得粗糙
风很随意地吹
那种红豆很难纯净
即使有那么几粒
在男人女人手中，也只是些
应酬的道具……

而有谁打听过

红豆的故乡

询问过红豆的近况

在意马心猿的风中

那些真正的红豆

静静注视我们

让我们低下头来

看自己的不洁与创伤

飞来一只蜻蜓

想象它是世界上最后一只

最后一只蜻蜓

飞来，停在我的书上

这是一本名叫《心灵学》的书

这是南郊的一个下午

一只蜻蜓突然来访

略去一切礼节与我亲近

老实说这本书有些深奥

那是关于人的并不包括它

但它直接飞来停在某一页

就给了我欣喜也给了我

打量它思考它的幸运

一架有生命的直升机

却喜欢自然优雅的静

它飞不高，高处不仅寒冷

而且风大，风中有啸叫的秃鹰
其次是蜻蜓好奇，不谙世事
处子般这里看看那里停停
刀刃它也敢站上去
它熟悉善良，却不认识陷阱
最后是蜻蜓与这个世界
总是若即若离，不知什么缘故
对一朵花，一潭水
也只是点到为止，绝不投入
它的来和它的去一样轻轻

它是那种我们很难再做的梦
很难再看到的花朵
再听到的谣曲
它是从宁馨的家园深处
照过来的一盏灯……

离小村最近的是墓地

离小村最近的是墓地
然后才是土地庙、集市
以及站在岗子上也看不明白的
城里人的新规矩

近有近的好处
婆媳不和，母猪下崽
土里的人都听得清楚
抱屈的捧一串新鲜泪珠
去坟前刮风下雨
墓草间萤火虫一亮
家家便吹灯歇息

近有近的好处
逢年过节的热汤热菜
送到坟头不会凉
守园的后代拍拍碑石

便站起来一串
使人血热的传奇

近有近的好处
土里睡久了，就回家看看
圈里的鸡鸭鹅羊
坛中的粗粮细米
顺便端详一会
新版的人民币……

是人就都有那一天
靠着家园入土
生和死，就不是一个
太远的距离

好　狗

好狗当门而坐
目光犀利，气宇轩昂
尾是一节硬骨
从不摇晃

好狗难得开口
即便你投之以桃
也换不来一声感谢的汪汪

月黑风高，好狗在必经之路
恭候歹人。仅仅一串喉音
不速之客已遍体鳞伤

好狗在院坝里散步
对困顿的猪、歇耕的牛
进行礼节性探望
友好地嗅一嗅，打个响鼻

安抚命定的孤独和迷惘
将骚扰成性的公鸡
驱逐出境
把几只二八羊羔
请到栏外晒太阳

我仔细观察过一只好狗
机警如弦上鹰翎
怒时与猎豹相仿
最是哀乐消隐的寂夜
亮在主人坟前的狗眼
有着逼露成冰的寒凉

好狗远去
我将它的剪影
置于这首诗的中央

拉　滩

在滩水的暴力下
我们还原为
手脚触地的动物

浪抓不住我们
涛声嚎叫着
如兽群猛扑

一匹滩有多重
一条江有多重
我们　只有我们清楚

是的　这就是匍匐
一种不准仰面的姿势
一种有别于伟岸的孔武

热得嘶喊的汗

一滴追一滴
在沙砾上凿洞窟

船老大在浪上咒骂
骂得无法无天
骂得好粗鲁

轮到我们骂时
我们只仰躺着喝酒
仰躺着　把匍匐报复

野码头

野码头是这个码头过去的名字

名字曾经很动人地传奇在河口

温暖过大江上一段冷寂的岁月

如今只留下一溜残破的石堤

酷似老人凹凸不平的牙床

纵是又脆又嫩的渡船笛音

也难于品味难于咀嚼了

但野码头曾经很年轻

胃口也好得惊人

每天吞吐许多船桨和号子

许多粮包山货许多民间传闻

吊脚楼上摆着大碗茶和大肚子酒坛

生意经拳令使那些杉木桌子激动

夜来时窗口燃起亮油壶和松明

给舒心和醉意抹上橘红的光晕

那些晚归的船只消远远地喊一声野码头的名字

便会立即听到一串温馨的回音

野码头的捣衣棒很野

野码头的渔歌很撩人

野码头的烧酒不止六十度

野码头的针线长过拉江拽河的纤绳

传说野码头是个女人的绰号

一个被人玷污又毁坏的女人

流落到这僻远而宁静的河口

用一面酒旗一朵凄苦的微笑

碇泊那些侠义而忠厚的桅灯

传说野码头酒馆茶铺里的女子

都是她的后代都继承了她的美丽与多情

许多船夫把梦留在这里把骨埋在这里

野码头被唱成号子竖成樯帆划成桨声

无论高低贵贱生命都是一条船

滩吼浪啸波光潋滟各有各的航程

但总有一个船埠等你到天荒地老

总有一个码头让你怀念终生……

野码头　野码头虽已属于过去

每朵浪每匹滩仍念着她的姓名
而每当水天交接处飘起帆影
野码头上便有几个龙钟的白发老妪
相互搀扶着走上残损的石堤
向远远驶来的樯桅投去隔世的坚贞

清明节，纤夫墓前

只有那个来自乡间的白发女人

和那个来自江边小镇的老妇

才说你不是一堆黄土　你是一条船

一条饮烈性酒的船

一条用号子文身的船

航行在记忆之河　多情而矫健

每年一次清明　清明是港是岸

只有这一天你才睡着了　打着鼾

清清明明的天宇下没有冷语流言

每年一次　两蓬相依相挨的白发

两个异姓的老姐妹燃烛置酒

在你的身边　在你的墓前

除了纤道　只有她们记得你

你的身世　你的粗暴　你的温存
你篝火边的冷清　你竖桅时的强悍

除了你　又有谁记得她和她的青春
饥馑布置的洞房　寂寞绑架的初欢
两个女人的名字　两张相背相靠的帆

只有当你睡入清明节睡入船形的坟堆
两丛白发才得以相识相怜
活在她和她心中的你　才如故事般完满

整理你的遗物时虽是两双泪眼
走入过往的岁月却从此挽臂挨肩
清明节清清明明没有冷语没有流言

啊　纤夫墓前的哀哀白发袅袅香烟
你说　爱是一条河　一条永远生动的河
滩　很苦很苦　浪　很甜很甜

疯　妇

点烛一般　点亮
那男人背过的纤
举过头顶　举过头顶
如灯塔　在江沿

每次只燃一小段
便活在那一小段里
便哼一小段渔歌
便红一小段笑颜

搂着那些残纤入睡
背着那些残纤漂流
纤绳带着她
去找那条船

那船离得太远
太远的前面有风雪阻拦

因此　她视那残纤为生命

每次只燃一小段

江上的号子悲凉地说

总有一天

她会把自己的身体

点燃……

残 纤

被七月　烤过

被数九　冻过

被汗　咬过

被水　泡过

被逼成刀锋

把礁石砍过

是把尺　量尽纤道

是根弦　弹遍长河

哭过　醉过

从青青的竹子　到

褐黄的纤索

你说　我像不像一首歌

人道　我是船桅之树

长出的一条枝柯

没留过鸟

没结过果

只有许多咸涩的号子

在上面挂着

残了

断了

还可以燃一把火

那时　我叫火炬

舟子举着我

舟子举着我

乱葬岗
——城南旧事

一群潦草于世的人
各自裹一床草席
或者破衣烂裳
不拘礼节不讲方位地
睡进一丘土中
听任恐怖的传言
四野生长

无所谓清明
也不问进化后的
冥币、爆竹等等
既然是草草入土
也就省略了
对黄土之外的打量

疯长的灌木和野草
不分死活地扭在一起

谁的手臂？谁的腿骨？
谁的指甲这么脏？

当世界只剩下半弯月牙
乱葬岗上的群鸦
就嘶哑着嗓门儿
集体乱唱

劈柴垛

劈柴垛在哀牢山腹地
在巨大的苍莽与静谧之中
整齐地垒放于一些草屋门前
或者，栅栏似的树木之间
那么纯净和睦地靠在一起
让你触到一种敦厚的民俗
一种超越物质的沉稳和自信

许多欲望便如此相形见绌了
只为着草屋为着火塘而自重的劈柴垛啊
在哀牢山腹地，袒露被斧子劈出的剖面
让我敬畏，让我轻蔑许多浅薄的热情

寒 冬

入冬以后
许多滋补品就上市了
挂羊头的，卖狗肉的
礼仪小姐推销牛鞭酒
在天寒地冻的街头
当众摇奖

药膳铺一早就食客盈门
载歌载舞的海鲜楼
霓虹灯从傍黑闪到天亮

好羡慕卖烤红薯的
忙时吃干，闲时吃稀
推一座炉子穿街过巷
一路民谣般的热气
一路蜜饯的甜香

但最想去的还是你的乡下
那座松竹掩映的草房
老远就看见房檐下
红殷殷的辣椒串
黄灿灿的玉米棒
轻些，别吵醒熟睡的黄狗
里屋的老娘

燃一盆炭火就够了
炖一壶土茶就够了
让雪从童年那边下过来
轻轻掩住岁月的沧桑

乡　亲

远天远地的乡亲
现在是抬头也见低头也见了
花花绿绿的市井里
乡亲的土语十分醒目
让人想起大红鸡冠，应山唢呐
想起被他们抛下的土地
留在家园的老人、孩子
抬头也见低头也见的乡亲
让我常常说不出话

发廊的活累么？
舞厅的夜长么？
保姆的床暖么？
都市这块百味俱全的
蛋糕，爽口还是硌牙？

听说村头的地都荒了

野草高过门前的篱笆
挤在出租屋里的乡亲
活在霓虹灯影下的乡亲
听说谷垛塌了，磨坊哑了
就对着手中的钞票发愣
就学会了失眠、说梦话

如今的鸟都飞得很低

如今的鸟都飞得很低

鸟和人一样

都往热闹的地方挤

它们在酒楼、饭馆周旋

它们围观鞭影下的猴戏

就那么蹦着、跳着

肮脏又可怜

它们的翅膀只会用来扑腾

在媚俗的风中

它们自鸣，然后窒息

如今有一半的鸟

都在笼子里学人话

让偌大一个苍穹空着

让一个名叫飞翔的词摔下来

重重地

许多纸鸢便模仿了它们

在春天的肚脐上摇曳

拂痛人类记忆的望眼

——浮云之上，丽日之上

那些鸣着号角的

　　悲壮迁徙，和

自信高迈的独旅

两只鸟

最爱看你们用嘴

相互挠痒痒

那么尽心，那么陶醉

接受和赠予

在阳光下，像两朵花

无论什么动物

身上总有些部位

是自己挠不着的

是痒得不明不白的

人类做得比你们差

所以有无关痛痒的说法

最爱看你们天寒时

用细语娓娓交谈

头挨头说话的神态

让我也觉得暖和

仅有羽毛是不够的

缺乏交流的人类
冬衣越来越多
一堆火远不如你们
挨在一起的样子好看
寒风只会吹一种口哨
而你们是
想说什么就说什么

缘　分

你开不开花，我不计较
打马从门前走过的人
我已把他的无语
视作深情的歌谣
生命有各自的无奈
你耐心地活着
就好

一年四季
就浇你一点点清水
偶尔去看看
你不秋不夏的叶片
无悲无喜的枝条
也让你看我
歉意的微笑
（邻居的阳台上
正蜂飞蝶绕）

缘分不一定大红大绿

鼓角之外，最深长的是

细细的洞箫

我就这么一点点清水

和一份永远的歉疚

你千万别开出花来

吓我一跳

美容院的早操

她们总是比楼群一角的朝日

早到那么几十秒

在美容院门前精致的草坪上

一群尤物举手投足

不负责任地弯她们

豆蔻年华里的细腰

这时，爱画红妆的太阳

投来最瑰丽的一瞥

淋漓尽致地照她们

六点钟涂完的眼影

七点十五分刷出的睫毛

音乐有些慵倦，其中的口令

如几只跳跃的白鸟

洒水车从她们的挥臂中

驰过；牛奶车面包车驰过

上岗的交警误入音乐的节奏
在微笑中正步，正步中微笑

此刻，美容院的镜子和器械
开始列队。一张面膜洗漱已毕
一排躺椅斜向舒心与时髦
总是在早操音乐的最后一小节
醒来——墙边那个女乞丐
不知在向谁问候：早上好

盗贼来访

大约是凌晨四点

他们在我客厅的沙发上

　　安然就坐

自己动手，丰衣足食

他们擦汗、扔餐巾纸

喝啤酒、啃苹果

这伙人胃口好，兴趣广泛

翻检书报，还揉了揉

我刚写完的小说

从遥控器的被移动

猜测他们再放肆些

就可能看影碟、唱流行歌

他们是如何进来的

实在是一个谜

那么，在他们的眼里

根本就无所谓门和锁

出张家，进李家
步履平静，心态祥和

那晚我意外地取消了
坚持多年的梦游
否则我会视他们为
来访的文学青年，热情地
　为之授课……

吃饱喝足，他们还来不及
检阅我的全部家私
消防车就尖叫着开来
——对面的七楼B座
突然失火……

凌晨四时五十分
我在现场写完这首诗
决定一稿两投——
110和派出所

洗脚房

服务现代人的身体
如今已条分缕析
巷北洗头，巷南洗脚
头脚之间的那一段
不知归谁洗

举八字脚的
迈太空步的
这里通通欢迎
有口皆碑的脚
刑满释放的脚
都享受同等待遇
为你抚脚的少女齿白唇红
嫩姜般的十根纤指
谙熟所有穴位，引你一步步
路转峰回，由此及彼

洗脚房临街的一面
帷帘曳地，神秘兮兮
当夜幕落下，一些小车
远远地就停在巷口
一群丰乳肥臀的小姐
把迎宾的台步走得香气四溢……

据说唐僧师徒常来此下榻
四双脚已无心向西
大圣领衔出任保安
老唐兼着洗脚房的经理

好　刀

好刀不要刀鞘
刀柄上也不悬
　　　　流
　　　　苏
凡是好刀，都敬重
人的体温
对悬之以壁
或接受供奉之类
不感兴趣

刎颈自戕的刀
不是好刀
好刀在主人面前
藏起刀刃
刀光谦逊如夜色
好刀可以做虫蚁
渡河的小桥

爱情之夜，你吹
好刀是一支
柔肠寸寸的箫

好刀厌恶血腥味
厌恶杀戮与世仇
一生中，一把好刀
最多激动那么一两次
就那么凛然地
飞　起　来
在邪恶面前晃一晃
又平静如初……

人类对好刀的认识
还很肤浅
好刀面对我们
总是不发一言

骨子里的东西

这种东西
不太好说
因为深及骨髓
关系骨头的名誉
我们就常常
轻描淡写

但我们的确
清楚这种东西
在行为和嘴的
开合之间
我们目睹过
这种东西
它是一种核
真实地散发
某种气味
让我们看清了

人与人，如此的千差万别

有疟疾长驻的骨头
就有寒暑变幻的脸
而一些总也洗不干净的手
直接与骨头相关……
明白这一点
许多惊骇
就有了答案

我们敬仰的
美德和品性
也住在206块骨头里
与之相逢
是我们的福分
它们阳光一般
使生命神清气爽
器宇轩昂

文 火

词典里说

文火是火中弱火

其实不然

在火族中　能燃得如此

漫不经心　风度十足者

必经多年修炼

看那入定似的神态

不摇不曳　声息俱无

（与禅境无二）

任你周遭雨去风来

　　　　　冷暖嬗变

依旧一副恬淡容颜……

单是这点功夫

就令那些

　　　　啸叫山野的浪火

221

打家劫舍的猛火
刮目相看

正因为如此
人类才引为知己
容其登堂入室
烹鸡　鸡便汤香肉软
煎药　药力直抵丹田

所谓文火
即是火中智者
除去以上所述
攻心亦有奇效
你看历史上那些有名人物
卸下兵戎相见时的强悍
便露出文火功夫
都能将文火二字　念得
字　正　腔　圆

撕

撕是一种暴力
对于纸，即使再温柔
也是

一生中，我们总要
毁掉一些纸
总会与一些纸张
势不两立
在碎纸机莅临之前
我们体面优雅的手
总在乐善好施
温情脉脉的背面
清醒地干掉
一些类似纸的东西

笔使纸张获罪
纸在无法解释的绝境

被撕得叫出声来
文字的五脏六腑
撒落一地……
人对纸张行刑时
是一种比纸更脆弱的
物体

纸屑会再度变成纸
再度与你相逢时
一些化不掉的字
保不准会活过来
咬你

仿摇滚

——读李皖《说话的崔健》

到处是夏天里的冰

冬天里的火

到处是没心没肺的好生活

铺天盖地的信息

坑蒙拐骗的花朵

荒芜处处，珠玑闪烁

废墟蛇奔鼠窜

广厦直上天河

红灯照他罚款

绿酒陪你按摩

你是谁？我是谁？

大姨的舅子干爹的哥

汤圆还在沸水里滚

情书已在电脑上戳

感官从后台走到前台

围观。点评。加温。纵火

十岁的男童患阳痿

午夜的榻榻米

你还等什么……

笑和哭都得从头学起

会说的已被嘴皮割破

会唱的已不懂什么叫歌

抬一千个架子鼓来

扛一万片大响板来

咱们敲：把骨头敲热

把雪水敲红

把无言敲得震天价响

把自个儿敲得打哆嗦

呀啦嗦，巴扎嘿

新时代的曙光快照我

送一个人去天国

哀乐的黑色翅膀展开时
我们便绕着你的灵床
鱼　贯　而　行
我们把胸前的白花
挂在你床前的松枝上
我们把泪湿的慰藉
送到你的亲人心中
……我们就要回去了

整个过程如此短促如此短促
短到比你倒下的那一瞬还短
比你劳累半生中的一次晕眩还短啊
我们就要回去了

还有许多永别等在门外
还有许多人要来睡你睡过的小床
还有许多白花许多肃穆许多悲怆

要排队进来……
这世界生也拥挤死也拥挤
原谅我们没有时间多陪你

啊　哀乐只放了一半就停了
剩下的一半我们带到路上去放
带回怀念的斗室去放
一遍又一遍　一遍又一遍
直到属于我们自己的那一支
也响起来的时候……

我们回去了
路上　你多保重啊

旧书摊

旧书摊在黄昏时出来

旧书不喜欢强烈的光线

一个一个地摊前

围着一堆一堆的人

人都蹲着

书都躺着

暮色大网般落下来

罩在书摊上

罩在看书人身上

这时候你就分不清

人与书谁旧谁新了

这些年风把书吹得不成样子

这些年许多书刚上市就旧了

书店与书摊

不再有差异

唯一不同的是

在书店时你显得庄重些

而遇到旧书摊

你就很随和地

蹲下来……

白　马

那马在山腰吃草。那是一匹白马
在寂静的中午，在纯正的阳光下
伸长柔韧的颈脖，甩动漂亮的尾毛
它的胃口无疑十分出色。很长时间
它都全神贯注而又悠闲自得
绝不理会我的注视和我被它引发的
关于进食的思考
那匹白马实际上离我很远
我站在山下牛奶与青稞酒的香气中
它却在一座高与天齐的大山上潜心咀嚼
我得承认，马比我们潇洒，何况是白马
何况马进食时，不讲究环境，不挑剔饮料
何况这是那种高原热土上长大的马……
我便极有耐心地等待，在寂静的中午
等那匹高高在上的白马，昂首一啸

午夜萨克斯

吹灭烛光之后

萨克就明亮起来

这是你喜欢的色调

放任而不放纵

忧郁却不颓唐

世界灭去了所有的灯火

人啊，请卸下面具

还你本来的模样

这是看望自己的时候

在萨克的微光里

人啊，请看望久违的自己

让泪水流出来

让真实的泪水

童贞般徜徉……

想说什么你就说了

这是午夜，萨克的午夜

没有阻隔也没有远方

快靠近温存与怀念

人啊，水泥正覆盖过来

　　　水泥正覆盖过来

在萨克的微光里

请守住你最后的家园

　　　　园中的碧水

　　　　水里的星光

为亲切塑像

我将她从词典深处
搀扶出来。我想为她
塑一尊永远的雕像

趁着这个世界还未
完全变硬；趁着我们还有
月色，还会面对烛光

我得抓紧。趁着我们眼中
被她弄出的水迹未干
趁着她曾经抚摸过的
事物，还在我们身旁

现在纺织娘可以唱歌了
鸽哨、炊烟、草垛请升起来
我要你们——作为最后的仪仗

我这就动手。请给我以援助
如果力不从心
请你们接替着我
从夜到夜，从泪光到泪光

故宫里的广场

设计者堪称高手

衬托显赫的皇权
王者的威仪
只消在宫与宫之间
留出大片空地

宽得能吓退箭镞
大得能累跛马蹄
人犯推出午门斩首
望一眼白茫茫的空
无须动刀已断气

距离造就震慑
一溜儿排向宫门的
砖头，你摸摸
一块比一块锋利

城中住过二十四位皇帝

谁也不曾来过这里

广场大，皇帝就显小了

国运常常从砖缝中

冒出来——五花八门的草

为谁而黄、而枯、而绿……

如今广场已成文物

许多麻雀在其间唏嘘——

明朝的讲究修辞

清代的多用长句

全都说的古汉语

枪 手
—— 读史

不见枪　只见一些

手　在江湖上忽隐忽现

手之外的东西

被竹笠　面罩　和

年代的雨雾　抹去

应运而生的

手　数目不详

但可以从某段历史

黑暗的浓度　作出

相应的估计

这些手生下来

就注定了一些人的死

食指前方　注定不是

月亮的圆弧　而是

扳机

弹丸一般活着

以手指计数　计算着

恶贯何时满盈

月黑　月白

都是好天气

把人心与准星

攒成一条线

枪　就响了

手一生　就说这么

一句

众口难调

操作时

只想自己的口味

切忌东张西望

放你自己的盐

加你自己的糖

流派无所谓

刊物的口感无所谓

无所谓什么杯什么奖

只要六根干净

只要七情健旺

把火候看好了

放手

炒你的爱憎

炖你的忧伤

一盘《聊斋》上桌

鬼味

狐味

人间味

味味悠长

身后事

偶尔想天下事，也想身后事
想想自己晋升为遗体后
胸前该搭一面什么"旗"
不群不党，无山无水
只好默认：遗体贫瘠……

暮春了，该想想身后事，想
堂堂地来，该正正地去
天堂的老妈呀，我不该想你
遗物中那一叠纯棉尿片
多么荒谬！荒唐！荒诞！

一列学生鼓乐队走过大街
作为早年的少先队号手
我曾经神气地鼓着腮帮子
走在队伍的最前面。于是
想起了红领巾。想起把领巾

盖在自己的胸口，就能证明

这是一个有组织的人

至死也把组织贴在心间

告别吧，亲们，哀乐响了

我选定的童声小合唱

如同天籁，如同鲜花

耳朵好的，能听出其中有人

正在换牙——

"请把我的歌，带回你的家

请把你的微笑留下……"

亮汪汪

坪小，只够打半场
啦啦队坐满四周的台地
猴子激动时会跳起来
它们扔出的野果
击中过体育老师
哨音和猴啸声
在谷中久久回响……

放学路上，小猴子喜欢
趴在王秋林的肩头
"月亮出来亮汪汪"
七嘴八舌一齐唱时
猴也跟着咿咿呜呜
从谷口升起来的银盘
果然又亮又圆又大，而且
汪汪……

白发与早春

——致诗人多多

两个白头发的人坐在一起
会让邻座感到寒意
春天还未站稳脚跟
两个白头在窃窃私语

估计有一群凛冽
正在赶来。会场里
薄衫的女士们紧了紧
鲜艳的裙裾

这时，银发齐肩的诗人
走上台去朗诵——
"对面的窗户开着
一个男人在揍一个女人
浴缸一般结实的屁股"
场内的女手热烈鼓掌
似在说：天下所有

结实的浴缸，已经痛着

浓浓的春意……

夕光下

——暮年，母亲的肖像之一

惟此种光线

与灵魂的暮色最相近

当大限的弯月

如牛角升起

并发出声音

生命，便要向另一个世界

起程

这是绒帽、夹衣

这是刚缝好的棉被

这是芦花枕……

白发拂过，拂过

一眸子的安详

一灵魂的冷静

暮色俯下身来

帮她清点

说那个世界很凉

最好再带一条

围巾……

忘掉一个人

忘掉一个人
是一次郁郁的潜逃

你企图背向往昔
往昔却是一个
巨大的圆
三　百　六　十　度
都是那人
　　　　　都是那人
　　　　　　　　都是那人

都是无所不在
清晰异常的细节
新鲜挺拔的细节
将你掩面的手背
击——穿

用口红涂改嘴型？

用时装盖住伤瘢？

遗忘其实是一只

智力低下，体质孱弱的

羔羊，因了昨日青青的咀嚼

便逃不出命定的归宿

踩着喘息的尾巴

喘——息——

前面依旧是

绿得伤心的

　　　　　　草……原

忘掉一个人，你竟要耗去

一生的时间？！

四连音

能听见斑鸠说话
是一种幸运
这种鸟不善言辞
即便在交配时
也只默默干活
从不哼哼

但是，千真万确，有两次
在教学楼下的林荫路上
我亲眼看见两只斑鸠
冲着三位教师微笑点头
并报以珍珠般滚动的四连音
那是一种美妙又圆润的招呼
加上清澈的恭敬
把一个低调的秋日
变得温煦晴明

我怀疑这些斑鸠

前世就是温文尔雅的学子

变鸟后留在了校园

它们的问候亲切如初：

老师辛苦！您好先生！

感谢诗歌

她从外省来看我
她是一个很普通的女子
她请我去咖啡屋
烛光下，她的眼神
充满感激
她是一个很普通的女子
有过不幸的遭遇
她说她在外省读我的诗
还细心地抄在一个本子上
疼痛时，就拿出来
一点一点地读
她说，那疼痛就缓解了

我听她说，在烛光下
我仿佛看见那些诗
在外省的一些夜晚
从纸上走下来

安抚她的情景
一个女子和一些分行文字
亲密无间的情景……

她说很高兴能见到我
她说我给了她许多许多
她是一个很普通的女子
她的话，让我深深感动

后　记

　　十多年没出过诗集了。诗还在写，先是在纸片、本子上，智能手机后，就在微信上写。这本集子中的许多短制，都是"健身走"一万步后，随手划在荧屏上的。

　　干过较长时间的体力劳动，熟悉底层生活和引车卖浆者流，诗行间便凸显着他们的身影，弥散着他们的气息。我把这种结果称之为"近劳者咸"。

　　谢谢吉狄马加先生和他的序言。谢谢四川文艺出版社约稿。谢谢诗人印子君为本书统筹付出的辛劳。

张新泉

2018年春于成都